**50 POEMAS** ESCOLHIDOS PELO AUTOR

# MANUEL BANDEIRA

## 50 POEMAS ESCOLHIDOS PELO AUTOR

Posfácio de
**Augusto Massi e Carlito Azevedo**

São Paulo
2025

© Condomínio dos Proprietários dos Direitos Intelectuais de Manuel Bandeira
Direitos cedidos por Solombra – Agência Literária (solombra@solombra.org)

3ª Edição, Global Editora, São Paulo 2025

**Jefferson L. Alves** – diretor editorial
**Gustavo Henrique Tuna** – gerente editorial
**Flávio Samuel** – gerente de produção
**Jefferson Campos** – analista de produção
**Marina Itano** – projeto gráfico e capa
**Equipe Global Editora** – produção editorial e gráfica

Imagens da capa e contracapa:
Manuel Bandeira, Arquivo-Museu de Literatura Brasileira/Fundação Casa de Rui Barbosa – RJ. Palácio Itamaraty, Avenida Marechal Floriano, Rio de Janeiro, final do século XIX; fotografia de J. Gutierrez, sob domínio público. "Ponte do Recife", de Moritz Lamberg. Acervo da Fundação Biblioteca Nacional – Brasil.

As imagens das páginas 5 e 105 pertencem ao Acervo Pessoal de Manuel Bandeira, ora em guarda no Arquivo-Museu de Literatura Brasileira/Fundação Casa de Rui Barbosa – RJ.

A Global Editora agradece à Solombra Agência Literária pela gentil cessão dos direitos de imagem.

**Dados Internacionais de Catalogação na Publicação (CIP)**
**(Câmara Brasileira do Livro, SP, Brasil)**

Bandeira, Manuel, 1886-1968
  50 poemas escolhidos pelo autor / Manuel Bandeira ; posfácio de Augusto Massi e Carlito Azevedo. – 3. ed. – São Paulo : Global Editora, 2025.

  ISBN 978-65-5612-693-7

  1. Poesia brasileira I. Massi, Augusto. II. Azevedo, Carlito. III. Título.

24-231634                                                 CDD-B869.1

**Índices para catálogo sistemático:**
1. Poesia : Literatura brasileira    B869.1

Cibele Maria Dias - Bibliotecária - CRB-8/9427

Obra atualizada conforme o
NOVO ACORDO ORTOGRÁFICO DA LÍNGUA PORTUGUESA

# global
editora

**Global Editora e Distribuidora Ltda.**
Rua Pirapitingui, 111 – Liberdade
CEP 01508-020 – São Paulo – SP
Tel.: (11) 3277-7999
e-mail: global@globaleditora.com.br

- (g) grupoeditorialglobal.com.br
- (◎) @globaleditora
- (●) blog.grupoeditorialglobal.com.br
- (in) /globaleditora

- (f) /globaleditora
- (d) @globaleditora
- (▶) /globaleditora
- (X) @globaleditora

Direitos reservados.
Colabore com a produção científica e cultural.
Proibida a reprodução total ou parcial desta
obra sem a autorização do editor.

Nº de Catálogo: **4751**

# Sumário

11    Os sapos

14    A sereia de Lenau

15    A Dama Branca

17    Balada de Santa Maria Egipcíaca

19    Os sinos

21    Noite morta

22    Berimbau

23    O cacto

24    Pneumotórax

25    Poética

27    Evocação do Recife

32    Lenda brasileira

33    Andorinha

34    Profundamente

36    Noturno da Parada Amorim

37    Noturno da Rua da Lapa

38    Irene no céu

| | |
|---|---|
| 39 | Namorados |
| 40 | Vou-me embora pra Pasárgada |
| 42 | O último poema |
| 43 | Estrela da manhã |
| 45 | Marinheiro triste |
| 47 | Boca de forno |
| 49 | Momento num café |
| 50 | Rondó dos cavalinhos |
| 52 | A estrela e o anjo |
| 53 | O martelo |
| 54 | Maçã |
| 55 | Água-forte |
| 56 | A morte absoluta |
| 58 | Canção da Parada do Lucas |
| 59 | Canção do vento e da minha vida |
| 61 | Última canção do beco |
| 64 | Belo belo |
| 66 | Piscina |
| 67 | Eu vi uma rosa |
| 69 | Tema e voltas |
| 70 | Escusa |
| 71 | No vosso e em meu coração |

73  O lutador
74  Belo belo
76  O rio
77  Unidade
78  Arte de amar
79  Boi morto
80  Satélite
81  Os nomes
82  Noturno do Morro do Encanto
83  Lua nova
84  Consoada

85  Posfácio, por Augusto Massi e Carlito Azevedo
107 Índice de primeiros versos

## Os sapos

Enfunando os papos,
Saem da penumbra,
Aos pulos, os sapos.
A luz os deslumbra.

Em ronco que aterra,
Berra o sapo-boi:
— "Meu pai foi à guerra!"
— "Não foi!" — "Foi!" — "Não foi!"

O sapo-tanoeiro,
Parnasiano aguado,
Diz: — "Meu cancioneiro
É bem martelado.

Vede como primo
Em comer os hiatos!
Que arte! E nunca rimo
Os termos cognatos.

O meu verso é bom
Frumento sem joio.
Faço rimas com
Consoantes de apoio.

Vai por cinquenta anos
Que lhes dei a norma:
Reduzi sem danos
A fôrmas a forma.

Clame a saparia
Em críticas céticas:
Não há mais poesia,
Mas há artes poéticas..."

Urra o sapo-boi:
— "Meu pai foi rei" — "Foi!"
— "Não foi!" — "Foi!" — "Não foi!"

Brada em um assomo
O sapo-tanoeiro:
— "A grande arte é como
Lavor de joalheiro.

Ou bem de estatuário.
Tudo quanto é belo,
Tudo quanto é vário,
Canta no martelo."

Outros, sapos-pipas
(Um mal em si cabe),
Falam pelas tripas:
— "Sei!" — "Não sabe!" — "Sabe!"

Longe dessa grita,
Lá onde mais densa
A noite infinita
Verte a sombra imensa;

Lá, fugido ao mundo,
Sem glória, sem fé,
No perau profundo
E solitário, é

Que soluças tu,
Transido de frio,
Sapo-cururu
Da beira do rio...

1918

## A sereia de Lenau

Quando na grave solidão do Atlântico
Olhavas da amurada do navio
O mar já luminoso e já sombrio,
Lenau! teu grande espírito romântico

Suspirava por ver dentro das ondas
Até o álveo profundo das areias,
A enxergar alvas formas de sereias
De braços nus e nádegas redondas.

Ilusão! que sem cauda aqueles seres,
Deixando o ermo monótono das águas,
Andam em terra suscitando mágoas,
Misturadas às filhas das mulheres.

Nikolaus Lenau, poeta da amargura!
Uma te amou, chamava-se Sofia.
E te levou pela melancolia
Ao oceano sem fundo da loucura.

## A Dama Branca

A Dama Branca que eu encontrei,
Faz tantos anos,
Na minha vida sem lei nem rei,
Sorriu-me em todos os desenganos.

Era sorriso de compaixão?
Era sorriso de zombaria?
Não era mofa nem dó. Senão,
Só nas tristezas me sorriria.

E a Dama Branca sorriu também
A cada júbilo interior.
Sorria como querendo bem.
E todavia não era amor.

Era desejo? — Credo! De tísicos?
Por histeria... quem sabe lá?...
A Dama tinha caprichos físicos:
Era uma estranha vulgívaga.

Ela era o gênio da corrupção.
Tábua de vícios adulterinos.

Tivera amantes: uma porção.
Até mulheres. Até meninos.

Ao pobre amante que lhe queria,
Se lhe furtava sarcástica.
Com uns perjura, com outros fria,
Com outros má,

— A Dama Branca que eu encontrei,
Há tantos anos,
Na minha vida sem lei nem rei,
Sorriu-me em todos os desenganos.

Essa constância de anos a fio,
Sutil, captara-me. E imaginai!
Por uma noite de muito frio,
A Dama Branca levou meu pai.

## Balada de Santa Maria Egipcíaca

Santa Maria Egipcíaca seguia
Em peregrinação à terra do Senhor.

Caía o crepúsculo, e era como um triste sorriso de
[mártir.

Santa Maria Egipcíaca chegou
À beira de um grande rio.
Era tão longe a outra margem!
E estava junto à ribanceira,
Num barco,
Um homem de olhar duro.

Santa Maria Egipcíaca rogou:
— Leva-me ao outro lado.
Não tenho dinheiro. O Senhor te abençoe.

O homem duro fitou-a sem dó.

Caía o crepúsculo, e era como um triste sorriso de
[mártir.

— Não tenho dinheiro. O Senhor te abençoe.
Leva-me ao outro lado.

O homem duro escarneceu: — Não tens dinheiro,
Mulher, mas tens teu corpo. Dá-me o teu corpo, e vou
[levar-te.

E fez um gesto. E a santa sorriu,
Na graça divina, ao gesto que ele fez.

Santa Maria Egipcíaca despiu
O manto, e entregou ao barqueiro
A santidade da sua nudez.

## Os sinos

Sino de Belém,
Sino da Paixão...

Sino de Belém,
Sino da Paixão...

Sino do Bonfim!...
Sino do Bonfim!...

    *

Sino de Belém, pelos que inda vêm!
Sino de Belém bate bem-bem-bem.

Sino da Paixão, pelos que lá vão!
Sino da Paixão bate bão-bão-bão.

Sino do Bonfim, por quem chora assim?...

    *

Sino de Belém, que graça ele tem!
Sino de Belém bate bem-bem-bem.

Sino da Paixão — pela minha mãe!
Sino da Paixão — pela minha irmã!

Sino do Bonfim, que vai ser de mim?...

          \*

Sino de Belém, como soa bem!
Sino de Belém bate bem-bem-bem.

Sino da Paixão... Por meu pai?... — Não! Não!...
Sino da Paixão bate bão-bão-bão.

Sino do Bonfim, baterás por mim?...

          \*

Sino de Belém,
Sino da Paixão...
Sino da Paixão, pelo meu irmão...

Sino da Paixão,
Sino do Bonfim...
Sino do Bonfim, ai de mim, por mim!

          \*

Sino de Belém, que graça ele tem!

## Noite morta

Noite morta.
Junto ao poste de iluminação
Os sapos engolem mosquitos.

Ninguém passa na estrada.
Nem um bêbado.

No entanto há seguramente por ela uma procissão de
[sombras.
Sombras de todos os que passaram.
Os que ainda vivem e os que já morreram.

O córrego chora.
A voz da noite...

(Não desta noite, mas de outra maior.)

            Petrópolis, 1921

## Berimbau

Os aguapés dos aguaçais
Nos igapós dos Japurás
Bolem, bolem, bolem.
Chama o saci: — Si si si si!
— Ui ui ui ui ui! uiva a iara
Nos aguaçais dos igapós
Dos Japurás e dos Purus.

A mameluca é uma maluca.
Saiu sozinha da maloca —
O boto bate — bite bite...
Quem ofendeu a mameluca?
— Foi o boto!
O Cussaruim bota quebrantos.
Nos aguaçais os aguapés
— Cruz, canhoto! —
Bolem... Peraus dos Japurás
De assombramentos e de espantos!...

## O cacto

Aquele cacto lembrava os gestos desesperados da
                              [estatuária:
Laocoonte constrangido pelas serpentes,
Ugolino e os filhos esfaimados.
Evocava também o seco Nordeste, carnaubais, caatingas...
Era enorme, mesmo para esta terra de feracidades
                              [excepcionais.

Um dia um tufão furibundo abateu-o pela raiz.
O cacto tombou atravessado na rua,
Quebrou os beirais do casario fronteiro,
Impediu o trânsito de bondes, automóveis, carroças,
Arrebentou os cabos elétricos e durante vinte e quatro
        [horas privou a cidade de iluminação e energia:

— Era belo, áspero, intratável.

                              Petrópolis, 1925

## Pneumotórax

Febre, hemoptise, dispneia e suores noturnos.
A vida inteira que podia ter sido e que não foi.
Tosse, tosse, tosse.

Mandou chamar o médico:
— Diga trinta e três.
— Trinta e três… trinta e três… trinta e três…
— Respire.

.................................................................................................

— O senhor tem uma escavação no pulmão esquerdo e o
 [pulmão direito infiltrado.
— Então, doutor, não é possível tentar o pneumotórax?
— Não. A única coisa a fazer é tocar um tango argentino.

## Poética

Estou farto do lirismo comedido
Do lirismo bem-comportado
Do lirismo funcionário público com livro de ponto expediente
 [protocolo e manifestações de apreço ao sr. diretor

Estou farto do lirismo que para e vai averiguar no dicionário
 [o cunho vernáculo de um vocábulo

Abaixo os puristas

Todas as palavras sobretudo os barbarismos universais
Todas as construções sobretudo as sintaxes de exceção
Todos os ritmos sobretudo os inumeráveis

Estou farto do lirismo namorador
Político
Raquítico
Sifilítico
De todo lirismo que capitula ao que quer que seja fora de
 [si mesmo.

De resto não é lirismo
Será contabilidade tabela de cossenos secretário
      [do amante exemplar com cem modelos de
      [cartas e as diferentes maneiras de agradar
              [às mulheres, etc.

Quero antes o lirismo dos loucos
O lirismo dos bêbedos
O lirismo difícil e pungente dos bêbedos
O lirismo dos clowns de Shakespeare

— Não quero mais saber do lirismo que não é libertação.

## Evocação do Recife

Recife
Não a Veneza americana
Não a Mauritsstad dos armadores das Índias Ocidentais
Não o Recife dos Mascates
Nem mesmo o Recife que aprendi a amar depois —
      Recife das revoluções libertárias
Mas o Recife sem história nem literatura
Recife sem mais nada
Recife da minha infância

A Rua da União onde eu brincava de chicote-queimado e
      [partia as vidraças da casa de dona Aninha Viegas
Totônio Rodrigues era muito velho e botava o pincenê na
          [ponta do nariz
Depois do jantar as famílias tomavam a calçada com
      [cadeiras, mexericos, namoros, risadas
A gente brincava no meio da rua
Os meninos gritavam:

    Coelho sai!
    Não sai!

À distância as vozes macias das meninas politonavam:

>     Roseira dá-me uma rosa
>     Craveiro dá-me um botão

(Dessas rosas muita rosa
Terá morrido em botão...)

De repente
      nos longes da noite

                                      um sino

Uma pessoa grande dizia:
Fogo em Santo Antônio!
Outra contrariava: São José!
Totônio Rodrigues achava sempre que era São José.
Os homens punham o chapéu saíam fumando
E eu tinha raiva de ser menino porque não podia ir ver
                                      [o fogo

Rua da União...
Como eram lindos os nomes das ruas da minha infância
Rua do Sol

(Tenho medo que hoje se chame do Dr. Fulano de Tal)
Atrás de casa ficava a Rua da Saudade...
                          ...onde se ia fumar escondido
Do lado de lá era o cais da Rua da Aurora...
                          ...onde se ia pescar escondido
Capiberibe
— Capibaribe
Lá longe o sertãozinho de Caxangá
Banheiros de palha

Um dia eu vi uma moça nuinha no banho
Fiquei parado o coração batendo
Ela se riu
                 Foi o meu primeiro alumbramento

Cheia! As cheias! Barro boi morto árvores destroços
                         [redomoinho sumiu
E nos pegões da ponte do trem de ferro os caboclos
             [destemidos em jangadas de bananeiras

Novenas
       Cavalhadas

Eu me deitei no colo da menina e ela começou a passar a
[mão nos meus cabelos
Capiberibe
— Capibaribe

Rua da União onde todas as tardes passava a preta das
[bananas
Com o xale vistoso de pano da Costa
E o vendedor de roletes de cana
O de amendoim
que se chamava midubim e não era torrado era
[cozido
Me lembro de todos os pregões:
Ovos frescos e baratos
Dez ovos por uma pataca
Foi há muito tempo...

A vida não me chegava pelos jornais nem pelos livros
Vinha da boca do povo na língua errada do povo
Língua certa do povo
Porque ele é que fala gostoso o português do Brasil
Ao passo que nós

  O que fazemos
  É macaquear
  A sintaxe lusíada
A vida com uma porção de coisas que eu não entendia bem
Terras que não sabia onde ficavam
Recife...
     Rua da União...
         A casa de meu avô...
Nunca pensei que ela acabasse!
Tudo lá parecia impregnado de eternidade

Recife...
  Meu avô morto.
Recife morto. Recife bom, Recife brasileiro como a casa
         [de meu avô.

         Rio, 1925

## Lenda brasileira

A moita buliu. Bentinho Jararaca levou a arma à cara: o que saiu do mato foi o Veado Branco! Bentinho ficou pregado no chão. Quis puxar o gatilho e não pôde.
— Deus me perdoe!
Mas o Cussaruim veio vindo, veio vindo, parou junto do caçador e começou a comer devagarinho o cano da espingarda.

## Andorinha

Andorinha lá fora está dizendo:
— "Passei o dia à toa, à toa!"

Andorinha, andorinha, minha cantiga é mais triste!
Passei a vida à toa, à toa...

## Profundamente

Quando ontem adormeci
Na noite de São João
Havia alegria e rumor
Estrondos de bombas luzes de Bengala
Vozes cantigas e risos
Ao pé das fogueiras acesas.

No meio da noite despertei
Não ouvi mais vozes nem risos
Apenas balões
Passavam errantes
Silenciosamente
Apenas de vez em quando
O ruído de um bonde
Cortava o silêncio
Como um túnel.
Onde estavam os que há pouco
Dançavam
Cantavam
E riam
Ao pé das fogueiras acesas?

— Estavam todos dormindo
Estavam todos deitados
Dormindo
Profundamente

*

Quando eu tinha seis anos
Não pude ver o fim da festa de São João
Porque adormeci

Hoje não ouço mais as vozes daquele tempo
Minha avó
Meu avô
Totônio Rodrigues
Tomásia
Rosa
Onde estão todos eles?

— Estão todos dormindo
Estão todos deitados
Dormindo
Profundamente.

## Noturno da Parada Amorim

O violoncelista estava a meio do Concerto de Schumann

Subitamente o coronel ficou transportado e começou a
           [gritar: — *Je vois des anges! Je vois des anges!* —
                    [E deixou-se escorregar sentado
                              [pela escada abaixo.
O telefone tilintou.
Alguém chamava?... Alguém pedia socorro?...

Mas do outro lado não vinha senão o rumor de um pranto
                                   [desesperado!...

(Eram três horas.
Todas as agências postais estavam fechadas.
Dentro da noite a voz do coronel continuava gritando:
           [— *Je vois des anges! Je vois des anges!*)

## Noturno da Rua da Lapa

A janela estava aberta. Para o quê, não sei, mas o que entrava era o vento dos lupanares, de mistura com o eco que se partia nas curvas cicloidais, e fragmentos do hino da bandeira.

Não posso atinar no que eu fazia: se meditava, se morria de espanto ou se vinha de muito longe.

Nesse momento (oh! por que precisamente nesse momento?...) é que penetrou no quarto o bicho que voava, o articulado implacável, implacável!

Compreendi desde logo não haver possibilidade alguma de evasão. Nascer de novo também não adiantava. — A bomba de flit! pensei comigo, é um inseto!

Quando o jacto fumigatório partiu, nada mudou em mim; os sinos da redenção continuaram em silêncio; nenhuma porta se abriu nem fechou. Mas o monstruoso animal FICOU MAIOR. Senti que ele não morreria nunca mais, nem sairia, conquanto não houvesse no aposento nenhum busto de Palas, nem na minh'alma, o que é pior, a recordação persistente de alguma extinta Lenora.

## Irene no céu

Irene preta
Irene boa
Irene sempre de bom humor.

Imagino Irene entrando no céu:
— Licença, meu branco!
E São Pedro bonachão:
— Entra, Irene. Você não precisa pedir licença.

## Namorados

O rapaz chegou-se para junto da moça e disse:
— Antônia, ainda não me acostumei com o seu corpo, com
[a sua cara.

A moça olhou de lado e esperou.

— Você não sabe quando a gente é criança e de repente vê
[uma lagarta listada?

A moça se lembrava:
— A gente fica olhando...

A meninice brincou de novo nos olhos dela.

O rapaz prosseguiu com muita doçura:

— Antônia, você parece uma lagarta listada.

A moça arregalou os olhos, fez exclamações.

O rapaz concluiu:

— Antônia, você é engraçada! Você parece louca.

## Vou-me embora pra Pasárgada

Vou-me embora pra Pasárgada
Lá sou amigo do rei
Lá tenho a mulher que eu quero
Na cama que escolherei
Vou-me embora pra Pasárgada

Vou-me embora pra Pasárgada
Aqui eu não sou feliz
Lá a existência é uma aventura
De tal modo inconsequente
Que Joana a Louca de Espanha
Rainha e falsa demente
Vem a ser contraparente
Da nora que nunca tive

E como farei ginástica
Andarei de bicicleta
Montarei em burro brabo
Subirei no pau de sebo
Tomarei banhos de mar!
E quando estiver cansado
Deito na beira do rio
Mando chamar a mãe-d'água

Pra me contar as histórias
Que no tempo de eu menino
Rosa vinha me contar
Vou-me embora pra Pasárgada

Em Pasárgada tem tudo
É outra civilização
Tem um processo seguro
De impedir a concepção
Tem telefone automático
Tem alcaloide à vontade
Tem prostitutas bonitas
Para a gente namorar

E quando eu estiver mais triste
Mas triste de não ter jeito
Quando de noite me der
Vontade de me matar
— Lá sou amigo do rei —
Terei a mulher que eu quero
Na cama que escolherei
Vou-me embora pra Pasárgada.

## O último poema

Assim eu quereria o meu último poema

Que fosse terno dizendo as coisas mais simples e menos
[intencionais
Que fosse ardente como um soluço sem lágrimas
Que tivesse a beleza das flores quase sem perfume
A pureza da chama em que se consomem os diamantes
[mais límpidos
A paixão dos suicidas que se matam sem explicação.

# Estrela da manhã

Eu quero a estrela da manhã
Onde está a estrela da manhã?
Meus amigos meus inimigos
Procurem a estrela da manhã

Ela desapareceu ia nua
Desapareceu com quem?
Procurem por toda parte

Digam que sou um homem sem orgulho
Um homem que aceita tudo
Que me importa?
Eu quero a estrela da manhã

Três dias e três noites
Fui assassino e suicida
Ladrão, pulha, falsário

Virgem malsexuada
Atribuladora dos aflitos
Girafa de duas cabeças
Pecai por todos pecai com todos

Pecai com os malandros
Pecai com os sargentos
Pecai com os fuzileiros navais
Pecai de todas as maneiras
Com os gregos e com os troianos
Com o padre e com o sacristão
Com o leproso de Pouso Alto

Depois comigo

Te esperarei com mafuás novenas cavalhadas comerei terra
                [e direi coisas de uma ternura tão simples
Que tu desfalecerás

Procurem por toda parte
Pura ou degradada até a última baixeza
Eu quero a estrela da manhã.

# Marinheiro triste

Marinheiro triste
Que voltas para bordo
Que pensamentos são
Esses que te ocupam?
Alguma mulher
Amante de passagem
Que deixaste longe
Num porto de escala?
Ou tua amargura
Tem outras raízes
Largas fraternais
Mais nobres mais fundas?
Marinheiro triste
De um país distante
Passaste por mim
Tão alheio a tudo
Que nem pressentiste
Marinheiro triste
A onda viril
De fraterno afeto
Em que te envolvi.

las triste e lúcido
Antes melhor fora
Que voltasses bêbedo
Marinheiro triste!

E eu que para casa
Vou como tu vais
Para o teu navio,
Feroz casco sujo
Amarrado ao cais,
Também como tu
Marinheiro triste
Vou lúcido e triste.

Amanhã terás
Depois que partires
O vento do largo
O horizonte imenso
O sal do mar alto!
Mas eu, marinheiro?

— Antes melhor fora
Que voltasse bêbedo!

## Boca de forno

Cara de cobra,
Cobra!
Olhos de louco,
Louca!

Testa insensata
Nariz Capeto
Cós do Capeta
Donzela rouca
Porta-estandarte
Joia boneca
De maracatu!

Pelo teu retrato
Pela tua cinta
Pela tua carta
Ah tôtô meu santo
Eh Abaluaê
Inhansã boneca
De maracatu!

No fundo do mar
Há tanto tesouro!

No fundo do céu
Há tanto suspiro!
No meu coração
Tanto desespero!

Ah tôtô meu pai
Quero me rasgar
Quero me perder!

Cara de cobra,
Cobra!
Olhos de louco,
Louca!
Cussaruim boneca
De maracatu!

## Momento num café

Quando o enterro passou
Os homens que se achavam no café
Tiraram o chapéu maquinalmente
Saudavam o morto distraídos
Estavam todos voltados para a vida
Absortos na vida
Confiantes na vida.

Um no entanto se descobriu num gesto largo e demorado
Olhando o esquife longamente
Este sabia que a vida é uma agitação feroz e sem finalidade
Que a vida é traição
E saudava a matéria que passava
Liberta para sempre da alma extinta.

## Rondó dos cavalinhos

Os cavalinhos correndo,
E nós, cavalões, comendo...
Tua beleza, Esmeralda,
Acabou me enlouquecendo.

Os cavalinhos correndo,
E nós, cavalões, comendo...
O sol tão claro lá fora,
E em minh'alma — anoitecendo!

Os cavalinhos correndo,
E nós, cavalões, comendo...
Alfonso Reyes partindo,
E tanta gente ficando...

Os cavalinhos correndo,
E nós, cavalões, comendo...
A Itália falando grosso,
A Europa se avacalhando...

Os cavalinhos correndo,
E nós, cavalões, comendo...
O Brasil politicando,

Nossa! A poesia morrendo...
O sol tão claro lá fora,
O sol tão claro, Esmeralda,
E em minh'alma — anoitecendo!

## A estrela e o anjo

Vésper caiu cheia de pudor na minha cama
Vésper em cuja ardência não havia a menor parcela de
[sensualidade

Enquanto eu gritava o seu nome três vezes
Dois grandes botões de rosa murcharam

E o meu anjo da guarda quedou-se de mãos postas no
[desejo insatisfeito de Deus.

## O martelo

As rodas rangem na curva dos trilhos
Inexoravelmente.
Mas eu salvei do meu naufrágio
Os elementos mais cotidianos.
O meu quarto resume o passado em todas as casas que
[habitei.

Dentro da noite
No cerne duro da cidade
Me sinto protegido.
Do jardim do convento
Vem o pio da coruja.
Doce como um arrulho de pomba.
Sei que amanhã quando acordar
Ouvirei o martelo do ferreiro
Bater corajoso o seu cântico de certezas.

## Maçã

Por um lado te vejo como um seio murcho
Pelo outro como um ventre de cujo umbigo pende ainda
[o cordão placentário

És vermelha como o amor divino

Dentro de ti em pequenas pevides
Palpita a vida prodigiosa
Infinitamente

E quedas tão simples
Ao lado de um talher
Num quarto pobre de hotel.

Petrópolis, 25-2-1938

# Água-forte

O preto no branco,
O pente na pele:
Pássaro espalmado
No céu quase branco.

Em meio do pente,
A concha bivalve
Num mar de escarlata.
Concha, rosa ou tâmara?

No escuro recesso,
As fontes da vida
A sangrar inúteis
Por duas feridas.

Tudo bem oculto
Sob as aparências
Da água-forte simples:
De face, de flanco,
O preto no branco.

## A morte absoluta

Morrer.
Morrer de corpo e de alma.
Completamente.

Morrer sem deixar o triste despojo da carne,
A exangue máscara de cera,
Cercada de flores,
Que apodrecerão — felizes! — num dia,
Banhada de lágrimas
Nascidas menos da saudade do que do espanto da morte.

Morrer sem deixar porventura uma alma errante...
A caminho do céu?
Mas que céu pode satisfazer teu sonho de céu?

Morrer sem deixar um sulco, um risco, uma sombra,
A lembrança de uma sombra
Em nenhum coração, em nenhum pensamento,
Em nenhuma epiderme.

Morrer tão completamente
Que um dia ao lerem o teu nome num papel
Perguntem: "Quem foi?..."

Morrer mais completamente ainda,
— Sem deixar sequer esse nome.

## Canção da Parada do Lucas

Parada do Lucas
— O trem não parou.

Ah, se o trem parasse
Minha alma incendida
Pediria à Noite
Dois seios intactos.

Parada do Lucas
— O trem não parou.

Ah, se o trem parasse
Eu iria aos mangues
Dormir na escureza
Das águas defuntas.

Parada do Lucas
— O trem não parou.

Nada aconteceu
Senão a lembrança
Do crime espantoso
Que o tempo engoliu.

## Canção do vento e da minha vida

O vento varria as folhas,
O vento varria os frutos,
O vento varria as flores…
    E a minha vida ficava
    Cada vez mais cheia
    De frutos, de flores, de folhas.

O vento varria as luzes
O vento varria as músicas,
O vento varria os aromas…
    E a minha vida ficava
    Cada vez mais cheia
    De aromas, de estrelas, de cânticos.

O vento varria os sonhos
E varria as amizades…
O vento varria as mulheres.
    E a minha vida ficava
    Cada vez mais cheia
    De afetos e de mulheres.

O vento varria os meses
E varria os teus sorrisos…
O vento varria tudo!
    E a minha vida ficava
    Cada vez mais cheia
    De tudo.

## Última canção do beco

Beco que cantei num dístico
Cheio de elipses mentais,
Beco das minhas tristezas,
Das minhas perplexidades
(Mas também dos meus amores,
Dos meus beijos, dos meus sonhos),
Adeus para nunca mais!

Vão demolir esta casa.
Mas meu quarto vai ficar,
Não como forma imperfeita
Neste mundo de aparências:
Vai ficar na eternidade,
Com seus livros, com seus quadros,
Intacto, suspenso no ar!

Beco de sarças de fogo,
De paixões sem amanhãs,
Quanta luz mediterrânea
No esplendor da adolescência
Não recolheu nestas pedras
O orvalho das madrugadas,
A pureza das manhãs!

Beco das minhas tristezas.
Não me envergonhei de ti!
Foste rua de mulheres?
Todas são filhas de Deus!
Dantes foram carmelitas...
E eras só de pobres quando,
Pobre, vim morar aqui.

Lapa — Lapa do Desterro —,
Lapa que tanto pecais!
(Mas quando bate seis horas,
Na primeira voz dos sinos,
Como na voz que anunciava
A conceição de Maria,
Que graças angelicais!)

Nossa Senhora do Carmo,
De lá de cima do altar,
Pede esmolas para os pobres,
— Para mulheres tão tristes,
Para mulheres tão negras,
Que vêm nas portas do templo
De noite se agasalhar.

Beco que nasceste à sombra
De paredes conventuais,
És como a vida, que é santa
Pesar de todas as quedas.
Por isso te amei constante
E canto para dizer-te
Adeus para nunca mais!

                              25 de março de 1942

## Belo belo

Belo belo belo,
Tenho tudo quanto quero.

Tenho o fogo de constelações extintas há milênios.
E o risco brevíssimo — que foi? passou! — de tantas estrelas
[cadentes.

A aurora apaga-se,
E eu guardo as mais puras lágrimas da aurora.

O dia vem, e dia adentro
Continuo a possuir o segredo grande da noite.

Belo belo belo,
Tenho tudo quanto quero.

Não quero o êxtase nem os tormentos.
Não quero o que a terra só dá com trabalho.

As dádivas dos anjos são inaproveitáveis:
Os anjos não compreendem os homens.

Não quero amar,
Não quero ser amado.

Não quero combater,
Não quero ser soldado.

— Quero a delícia de poder sentir as coisas mais simples.

## Piscina

Que silêncio enorme!
Na piscina verde
Gorgoleja trépida
A água da carranca.

Só a lua se banha
— Lua gorda e branca —
Na piscina verde.
Como a lua é branca!

Corre um arrepio
Silenciosamente
Na piscina verde:
Lua ela não quer.

Ah o que ela quer
A piscina verde
É o corpo queimado
De certa mulher
Que jamais se banha
Na espadana branca
Da água da carranca.

Petrópolis, 25-3-1943

## Eu vi uma rosa

Eu vi uma rosa
— Uma rosa branca —
Sozinha no galho.
No galho? Sozinha
No jardim, na rua.

Sozinha no mundo.

Em torno, no entanto,
Ao sol de mei-dia,
Toda a natureza
Em formas e cores
E sons esplendia.

Tudo isso era excesso.

A graça essencial,
Mistério inefável
— Sobrenatural —
Da vida e do mundo,
Estava ali na rosa
Sozinha no galho.

Sozinha no tempo.

Tão pura e modesta,
Tão perto do chão,
Tão longe na glória
Da mística altura,
Dir-se-ia que ouvisse
Do arcanjo invisível
As palavras santas
De outra Anunciação.

Petrópolis, 1943

## Tema e voltas

Mas para quê
Tanto sofrimento,
Se nos céus há o lento
Deslizar da noite?

Mas para quê
Tanto sofrimento,
Se lá fora o vento
É um canto na noite?

Mas para quê
Tanto sofrimento,
Se agora, ao relento,
Cheira a flor da noite?

Mas para quê
Tanto sofrimento,
Se o meu pensamento
É livre na noite?

## Escusa

Eurico Alves, poeta baiano,
Salpicado de orvalho, leite cru e tenro cocô de cabrito,
Sinto muito, mas não posso ir a Feira de Sant'Ana.

Sou poeta da cidade.
Meus pulmões viraram máquinas inumanas e aprenderam
 [a respirar o gás carbônico das salas de cinema.
Como o pão que o diabo amassou.
Bebo leite de lata.
Falo com A., que é ladrão.
Aperto a mão de B., que é assassino.
Há anos que não vejo romper o sol, que não lavo os olhos
 [nas cores das madrugadas.

Eurico Alves, poeta baiano,
Não sou mais digno de respirar o ar puro dos currais da roça.

## No vosso e em meu coração

Espanha no coração:
No coração de Neruda,
No vosso e em meu coração.
Espanha da liberdade,
Não a Espanha da opressão.
Espanha republicana:
A Espanha de Franco, não!
Velha Espanha de Pelaio,
Do Cid, do Grã-Capitão!
Espanha de honra e verdade,
Não a Espanha da traição!
Espanha de Dom Rodrigo,
Não a do Conde Julião!
Espanha republicana:
A Espanha de Franco, não!
Espanha dos grandes místicos,
Dos santos poetas, de João
Da Cruz, de Teresa de Ávila
E de Frei Luís de Leão!
Espanha da livre crença,
Jamais a da Inquisição!
Espanha de Lope e Góngora,

De Goia e Cervantes, não
A de Filipe Segundo
Nem Fernando, o balandrão!
Espanha que se batia
Contra o corso Napoleão!
Espanha da liberdade:
A Espanha de Franco, não!
Espanha republicana,
Noiva da revolução!
Espanha atual de Picasso,
De Casals, de Lorca, irmão
Assassinado em Granada!
Espanha no coração
De Pablo Neruda, Espanha
No vosso e em meu coração!

## O lutador

Buscou no amor o bálsamo da vida,
Não encontrou senão veneno e morte.
Levantou no deserto a roca-forte
Do egoísmo, e a roca em mar foi submergida!

Depois de muita pena e muita lida,
De espantoso caçar de toda sorte,
Venceu o monstro de desmedido porte
— A ululante Quimera espavorida!

Quando morreu, línguas de sangue ardente,
Aleluias de fogo acometiam,
Tomavam todo o céu de lado a lado,

E longamente, indefinidamente,
Como um coro de ventos sacudiam
Seu grande coração transverberado!

30 de setembro — 1º de outubro de 1945

## Belo belo

Belo belo minha bela
Tenho tudo que não quero
Não tenho nada que quero
Não quero óculos nem tosse
Nem obrigação de voto
Quero quero
Quero a solidão dos píncaros
A água da fonte escondida
A rosa que floresceu
Sobre a escarpa inacessível
A luz da primeira estrela
Piscando no lusco-fusco
Quero quero
Quero dar a volta ao mundo
Só num navio de vela
Quero rever Pernambuco
Quero ver Bagdá e Cusco
Quero quero
Quero o moreno de Estela
Quero a brancura de Elisa
Quero a saliva de Bela
Quero as sardas de Adalgisa

Quero quero tanta coisa
Belo belo
Mas basta de lero-lero
Vida noves fora zero.

                                        Petrópolis, fevereiro de 1947

## O rio

Ser como o rio que deflui
Silencioso dentro da noite.
Não temer as trevas da noite.
Se há estrelas nos céus, refleti-las.
E se os céus se pejam de nuvens,
Como o rio as nuvens são água,
Refleti-las também sem mágoa
Nas profundidades tranquilas.

           Petrópolis, 1948

## Unidade

Minh'alma estava naquele instante
Fora de mim longe muito longe

Chegaste
E desde logo foi verão
O verão com as suas palmas os seus mormaços os seus
                        [ventos de sôfrega mocidade
Debalde os teus afagos insinuavam quebranto e molície
O instinto de penetração já despertado
Era como uma seta de fogo

Foi então que minh'alma veio vindo
Veio vindo de muito longe
Veio vindo
Para de súbito entrar-me violenta e sacudir-me todo
No momento fugaz da unidade.

                                            1948

## Arte de amar

Se queres sentir a felicidade de amar, esquece a tua alma.
A alma é que estraga o amor.
Só em Deus ela pode encontrar satisfação.
Não noutra alma.
Só em Deus — ou fora do mundo.

As almas são incomunicáveis.

Deixa o teu corpo entender-se com outro corpo.

Porque os corpos se entendem, mas as almas não.

## Boi morto

Como em turvas águas de enchente,
Me sinto a meio submergido
Entre destroços do presente
Dividido, subdividido,
Onde rola, enorme, o boi morto,

Boi morto, boi morto, boi morto.

Árvores da paisagem calma,
Convosco — altas, tão marginais! —
Fica a alma, a atônita alma,
Atônita para jamais.
Que o corpo, esse vai com o boi morto,

Boi morto, boi morto, boi morto.

Boi morto, boi descomedido,
Boi espantosamente, boi
Morto, sem forma ou sentido
Ou significado. O que foi
Ninguém sabe. Agora é boi morto,

Boi morto, boi morto, boi morto.

## Satélite

Fim de tarde.
No céu plúmbeo
A Lua baça
Paira
Muito cosmograficamente
Satélite.

Desmetaforizada,
Desmitificada,
Despojada do velho segredo de melancolia,
Não é agora o golfão de cismas,
O astro dos loucos e dos enamorados.
Mas tão somente
Satélite.

Ah Lua deste fim de tarde,
Demissionária de atribuições românticas,
Sem show para as disponibilidades sentimentais!

Fatigado de mais-valia,
Gosto de ti assim:
Coisa em si,
— Satélite.

## Os nomes

Duas vezes se morre:
Primeiro na carne, depois no nome.
A carne desaparece, o nome persiste mas
Esvaziando-se de seu casto conteúdo
— Tantos gestos, palavras, silêncios —
Até que um dia sentimos,
Com uma pancada de espanto (ou de remorso?),
Que o nome querido já nos soa como os outros.

Santinha nunca foi para mim o diminutivo de Santa.
Nem Santa nunca foi para mim a mulher sem pecado.
Santinha eram dois olhos míopes, quatro incisivos claros
                                                [à flor da boca.
Era a intuição rápida, o medo de tudo, um certo modo de
                                                [dizer "Meu Deus, valei-me".

Adelaide não foi para mim Adelaide somente,
Mas Cabeleira de Berenice, Inominata, Cassiopeia.
Adelaide hoje apenas substantivo próprio feminino.

Os epitáfios também se apagam, bem sei.
Mais lentamente, porém, do que as reminiscências
Na carne, menos inviolável do que a pedra dos túmulos.

                                                Petrópolis, 28-2-1953

## Noturno do Morro do Encanto

Este fundo de hotel é um fim de mundo!
Aqui é o silêncio que tem voz. O encanto
Que deu nome a este morro, põe no fundo
De cada coisa o seu cativo canto.

Ouço o tempo, segundo por segundo,
Urdir a lenta eternidade. Enquanto
Fátima ao pó de estrelas sitibundo
Lança a misericórdia do seu manto.

Teu nome é uma lembrança tão antiga,
Que não tem som nem cor, e eu, miserando,
Não sei mais como o ouvir, nem como o diga.

Falta a morte chegar... Ela me espia
Neste instante talvez, mal suspeitando
Que já morri quando o que eu fui morria.

        Petrópolis, 21-2-1953

## Lua nova

Meu novo quarto
Virado para o nascente:
Meu quarto, de novo a cavaleiro da entrada da barra.

Depois de dez anos de pátio
Volto a tomar conhecimento da aurora.
Volto a banhar meus olhos no mênstruo incruento das
[madrugadas.

Todas as manhãs o aeroporto em frente me dá lições
[de partir:

Hei de aprender com ele
A partir de uma vez
— Sem medo,
Sem remorso,
Sem saudade.

Não pensem que estou aguardando a lua cheia
— Esse sol da demência
Vaga e noctâmbula.
O que eu mais quero,
O de que preciso
É de lua nova.

Rio, agosto de 1953

## Consoada

Quando a Indesejada das gentes chegar
(Não sei se dura ou caroável),
Talvez eu tenha medo.
Talvez sorria, ou diga:
                — Alô, iniludível!
O meu dia foi bom, pode a noite descer.
(A noite com os seus sortilégios.)
Encontrará lavrado o campo, a casa limpa,
A mesa posta,
Com cada coisa em seu lugar.

# Posfácio

## Antologia

A vida
Não vale a pena e a dor de ser vivida.
Os corpos se entendem mas as almas não.
A única coisa a fazer é tocar um tango argentino.

Vou-me embora p'ra Pasárgada!
Aqui eu não sou feliz.
Quero esquecer tudo:
— A dor de ser homem...
Este anseio infinito e vão
De possuir o que me possui.

Quero descansar
Humildemente pensando na vida e nas mulheres
[que amei...
Na vida inteira que podia ter sido e que não foi.

Quero descansar.
Morrer.
Morrer de corpo e de alma.
Completamente.
(Todas as manhãs o aeroporto em frente me dá
[lições de partir.)

Quando a Indesejada das gentes chegar
Encontrará lavrado o campo, a casa limpa,
A mesa posta,
Com cada coisa em seu lugar.

Setembro, 1965

# Manuel Bandeira, intérprete de si mesmo

A melhor poesia brasileira sempre passou pela porta estreita das antologias. Ao longo dos dois últimos séculos, elas oscilaram entre o florilégio clássico e a ruptura moderna, o cânone de época e o repertório pessoal, a consolidação de fórmulas e a reação aos cacoetes estéticos. A antologia poética é um gênero antigo e arbitrário. Sua força reside na coerência das escolhas e na capacidade de determinar o que é antológico: seja pelo poder de incluir, seja pelo rigor de excluir.

Manuel Bandeira foi um mestre na arte de organizar antologias. Sua reconhecida versatilidade no emprego das formas poéticas também pode ser estendida às inúmeras antologias que preparou. Antonio Candido, num artigo breve e muito esclarecedor, afirma que Bandeira "tinha toda a razão de levar a sério as antologias, nas quais se tornou um perito".[1]

Tudo começou em 1937, quando foi encarregado pelo então ministro da Educação, Gustavo Capanema, de preparar a *Antologia dos poetas brasileiros da fase romântica*, para celebrar o centenário do movimento romântico no Brasil. Bandeira parece

---

1   BANDEIRA, Manuel. Antologia. *In*: SILVA, Maximiano de Carvalho (org.). *Homenagem a Manuel Bandeira 1986-1988*. Rio de Janeiro: UFF — Sociedade Sousa da Silveira/ Monteiro Aranha/ Presença, 1989.

ter adquirido gosto pela tarefa. Sucederam-se novos volumes: da *fase parnasiana* (1938), da *simbolista* (1965) e dois dedicados à *fase moderna* (1967), em parceria com Walmir Ayala. Assim como já havia feito, um pouco antes, quando organizou *Poesia do Brasil* (1963), recorrendo à colaboração de José Guilherme Merquior para a fase moderna.

A seleção desdobrada em diferentes épocas não o impediu de repensar o sistema literário segundo uma visada mais abrangente, por exemplo, em *Obras-primas da lírica brasileira* (1943). Mas foi com *Apresentação da poesia brasileira* (1946) que Bandeira nos ofereceu uma visão histórica articulada, dissolvendo com atinados e notáveis comentários a rígida classificação por períodos.

Bandeira dedicou-se com o mesmo afinco às antologias de autores, como *Sonetos completos e poemas escolhidos* de Antero de Quental (1942) e Gonçalves Dias (1958). Não satisfeito, escapou da camisa de força do gênero ao introduzir uma categoria inédita: *Antologia dos poetas brasileiros bissextos contemporâneos* (1946), salvando do esquecimento poemas de extrema qualidade, como "A cachorra", de Prudente de Moraes, neto, e "O defunto", de Pedro Nava.

Após contemplar antologias de diferentes épocas e autores, Bandeira enveredou por uma vertente incomum, especializando-se na organização de antologias da própria obra. Estes *50 poemas escolhidos pelo autor* (1955) foram precedidos por *Poesias escolhidas* (1937) e seguidos por outras seis antologias, entre as quais merecem destaque *Antologia poética* (1961) e *Meus poemas preferidos* (1966). Tal hábito, raramente praticado entre nós, foi cultivado pelo poeta, numa espécie de reavaliação permanente do seu ofício.

A experiência de organizar antologias forneceu a Bandeira uma rara acuidade para recortar, privilegiar e escolher o que há de mais representativo na produção lírica de uma época ou de um autor. Porém, não seria descabido enxergar nessa prática um procedimento crítico que permitiu ao *autor* passar à condição de *leitor* de sua própria obra.[2] Em outras palavras, a autoantologia poética opera de modo similar a uma série de autorretratos produzidos por um pintor: ambas buscam fixar uma imagem que o artista deseja projetar de si mesmo, uma visão retrospectiva do que julga ser o mais significativo, o cerne de sua produção.

Nessa perspectiva, o poema "Antologia", escrito por Manuel Bandeira em 1965, é uma declaração inequívoca de que o princípio estrutural da organização de antologias havia impregnado definitivamente a concepção poética do autor:

> Tive a ideia de construir um poema só com versos ou pedaços de versos meus mais conhecidos ou mais marcados da minha sensibilidade, e que ao mesmo

---

[2] Desdobramos ideias presentes em "De *Lira dos cinquent'anos* a *Estrela da tarde*". *In*: MOURA, Murilo Marcondes de. *Manuel Bandeira*. São Paulo: Publifolha, 2001.

tempo pudesse funcionar como poema para uma pessoa que nada conhecesse de minha poesia.[3]

Radicalizando essa reflexão, afirma: "Todo grande verso é um poema completo dentro do poema".[4] Em cada linha de Manuel Bandeira, entrevemos o desejo de registrar apenas os momentos essenciais, desentranhando do passado o que consegue sobreviver à luz forte do presente: "Humildemente pensando na vida e nas mulheres que amei". Desse modo, o poeta configura uma mitologia pessoal, halo de realidade cuja matéria se mistura à esfera lírica do verso, que, por um momento, torna-se realmente vivo e livre. O poema é uma antologia de evocações, bulas de remédio, alumbramentos, notícias de jornal, anúncios, sonhos, *ars combinatoria*, entre outros.

Outra possibilidade de leitura é considerar *50 poemas escolhidos pelo autor* como livro autônomo. Diante do rearranjo que a antologia impõe aos poemas, é interessante observar que a inusitada proximidade entre os textos, separados nos livros anteriores e distanciados no tempo, agora permite que dialoguem entre si, configurando relações inéditas. Para dar

---

3 Carta a Odylo Costa Filho citada por Gilberto Mendonça Telles em "A Bandeira de Bandeira". *In*: BRAYNER, Sônia (org.). *Manuel Bandeira*. Rio de Janeiro: Civilização Brasileira, 1980 (Col. Fortuna Crítica, v. 5).

4 BANDEIRA, Manuel. Poesia concreta. *In*: BANDEIRA, Manuel. *Flauta de papel. Poesia e prosa*. Rio de Janeiro: José Aguilar, 1958, v. II.

um exemplo, o emprego do verbo "levar" reagrupa de forma reveladora a "Balada de Santa Maria Egipcíaca", "A sereia de Lenau" e "A Dama Branca". Os três poemas estruturam-se para nos "levar para o outro lado": "— Não tenho dinheiro. O Senhor te abençoe./ Leva-me ao outro lado."; "Nikolaus Lenau, poeta da amargura!/ Uma te amou, chamava-se Sofia./ E te levou pela melancolia/ Ao oceano sem fundo da loucura." e "Por uma noite de muito frio,/ A Dama Branca levou meu pai".

Também é relevante considerar o valor que Bandeira conferiu a cada livro no conjunto de sua produção. De *A cinza das horas*, não figura nenhum poema; de *Carnaval*, entraram apenas três; e, de *O ritmo dissoluto*, não mais que quatro. Os livros mais representados são *Libertinagem* e *Lira dos cinquent'anos*, com dez ou mais poemas. O crítico português Adolfo Casais Monteiro, num dos raríssimos comentários sobre esta antologia, observou: "Fosse como fosse, a verdade é que a surpreendente revelação que a sua poesia nos trouxe não está sem dúvida no 'espírito' de *A cinza das horas*, mas no de *Libertinagem*".[5]

Por tudo isso, o que o leitor tem em mãos não é uma antologia qualquer. Embora o próprio Bandeira justifique modestamente que "o critério adotado foi colher entre os meus poemas mais bem realizados os mais acessíveis ao leitor estrangeiro,

---

5 MONTEIRO, Adolfo Casais. *Manuel Bandeira*. Rio de Janeiro: Ministério da Educação e Cultura, 1958.

pois eu desejava com ela retribuir aos poetas de outras línguas a gentileza de me terem oferecido os seus livros",[6] é inegável que, numa obra que não ultrapassa 350 poemas, *50 poemas escolhidos pelo autor* talvez seja a seleção mais rigorosa já realizada por Bandeira. A subtração transforma-se em suma. E até mesmo os poemas ausentes passam a ser tão significativos quanto aqueles que estão presentes.

\*

Nos anos 1950, os leitores tiveram a oportunidade de ouvir muitos dos versos de Manuel Bandeira lidos pelo próprio poeta em gravações em disco. A reedição dos *50 poemas escolhidos pelo autor*, publicada pela extinta Cosac Naify em 2006, vinha acompanhada de um CD com a gravação de 25 desses poemas realizada pelo selo Festa, criado em 1955 pelo jornalista Irineu Garcia (1920-1984) em parceria com o editor e livreiro Carlos Ribeiro (1908-1993). Escutar a voz de Manuel Bandeira é uma das poucas coisas que a tecnologia não consegue transformar em espetáculo. Pelo contrário, nos comovemos com a descoberta do sotaque pernambucano e compreendemos a real valorização da oralidade defendida pelos modernistas. E pudemos voltar à solidão de ouvintes no silêncio do quarto.

---

6  Prefácio à 1ª edição da *Antologia poética*. Rio de Janeiro: Editora do Autor, 1961.

Na crônica "Poesia em disco", datada de 27 de novembro de 1955, Bandeira registra:

> Anteontem, na Livraria São José, Carlos Drummond de Andrade e eu estivemos, durante mais de duas horas, autografando discos que Carlos Ribeiro e Irineu Garcia fizeram gravar e onde alguns de nossos poemas estão ditos por nossas próprias vozes. A ideia de fixar em discos a voz dos poetas só teve, entre nós, o precedente da Continental,[7] que há alguns anos lançou no mercado poemas meus e de

---

7 Em 1949, a gravadora Continental lança o primeiro disco de Bandeira lendo seus poemas. Ver carta para o poeta Alphonsus de Guimaraes Filho, de 7 de junho de 1948: "Tenho uma boa notícia: breve a Continental lançará, em dois discos de 12 polegadas, *15 poemas de M. B. ditos por ele próprio*, com capa de Santa Rosa. A gravação deu-me muito trabalho — só 'Evocação do Recife' tive de repetir 4 vezes. Mas, os técnicos ficaram satisfeitos com o trabalho e dizem que é a minha voz 100%. Como ninguém sabe a voz que tem, sou suspeito para dizer que não me reconheci lá muito. Mas, fiquei mais ou menos contente com o resultado. O único poema que não me parece bem-dito é o da 'Andorinha'. Como aquilo é difícil de dizer senão mentalmente! Os outros 14 são: 'Evocação do Recife', 'Profundamente', 'Piscina', 'O rio', 'Vou-me embora pra Pasárgada', 'A morte absoluta', 'Canção da Parada do Lucas', 'Estrela da manhã', 'Momento num café', 'Último poema', 'Última canção do beco', 'Tema e voltas', 'Pneumotórax' e 'Canção do vento e da minha vida'". *In*: ANDRADE, Mário de; BANDEIRA, Manuel. *Itinerários: cartas a Alphonsus de Guimaraens Filho*. São Paulo: Duas Cidades, 1974.

Olegário Mariano. Mas, a iniciativa parou aí, não sei por que motivo.[8]

Na mesma crônica, Bandeira amplia os horizontes de seus comentários para além dos discos que estavam sendo lançados pelo selo Festa, revelando ter conhecimento de gravações de poetas modernos em língua inglesa. No entanto, o que catalisa seu interesse é a percepção de que a voz do próprio poeta nos permite uma sondagem interpretativa, descer a regiões profundas onde a poesia permanece escondida:

> A voz do poeta, seu jogo de inflexões, seu acento de emoção nesta ou naquela palavra podem esclarecer muita coisa que no poema nos parece obscuro, hermético. De minha parte, posso dizer que só compreendi em maior profundidade os poemas de Eliot e de Dylan Thomas depois de ouvir recitados por eles próprios.

Dois anos depois, ele volta a se debruçar sobre as gravações de poetas:

> Não importa que os nossos poetas se tenham mostrado fraquíssimos *diseurs*. Aliás era de se esperar. Eles nunca dizem os seus versos, de sorte que quando são

---

8 BANDEIRA, Manuel. Poesia em disco. *In*: BANDEIRA, Manuel. *Flauta de papel*. Rio de Janeiro: Alvorada, 1957.

postos diante de microfones ficam cheios de dedos, quero dizer de dentes, articulam mal, não conseguem dar ao discurso poético as inflexões exatas. A esse aspecto não temos nenhum T. S. Eliot, nenhum Dylan Thomas, *diseurs* perfeitos, que só com dizer seus poemas no-los explicam (só entendi bem o "Gerontion" depois de ouvi-lo dito pelo autor).

O curioso é que, após tantas observações favoráveis ao registro da voz dos próprios poetas, Bandeira sai com este comentário: "Pessoalmente, sinto-me horrorizado de minha própria voz gravada: acho-a dura, malacostrácea, antipática. Será possível que eu fale assim? Então como é que não fogem de mim, me toleram?".[9] Para nós, seus ouvintes, a impressão é oposta.

Em primeiro lugar, a beleza cortante de sua voz ilumina aspectos centrais de sua poética. Excessivamente corroído pela canonização, "Evocação do Recife" reveste-se da fluência de uma conversa, readquire a força descritiva de uma crônica e rodopia na memória das cantigas. O sotaque pernambucano dá sete vidas ao poema. Lembra um comentário de Gilberto Freyre:

> Cada palavra é um corte fundo no passado do poeta, no passado da cidade, no passado de todo homem, fazendo vir desses três passados distintos, mas um

---

9 BANDEIRA, Manuel. Discos. *In*: BANDEIRA, Manuel. *Flauta de papel. Poesia e prosa.* Rio de Janeiro: Aguilar, 1958, v. II.

só verdadeiro, um mundo de primeiras e grandes experiências da vida. Não há uma palavra que seja um gasto de palavra. Não há traço que seja de pitoresco artificial ou de coreografia. O poema é compacto: tem alguma coisa de um bolo tradicional do Norte chamado "palácio encantado", bolo muito rico, bolo de casa-grande de engenho, com sete gostos por dentro, sete gostos profundos em cada fatia que se corte dele.

Em segundo lugar, a interpretação de Bandeira é tão surpreendente que, por vezes, chega a nos revelar todas as vértebras da intrincada estrutura sonora do poema. É o caso de "Berimbau": mais do que expressar, nele a linguagem canta, onomatopaica, encantatória. O próprio poeta nos lembra do "quebranto cansado da melopeia inicial: *Os aguapés dos aguaçais/ Nos igapós dos Japurás...* A inflexão meio irônica, meio alma penada na solidão da hileia...".[10] O mesmo vale para "Boca de forno", cuja música de fundo recorda o ritmo de um maracatu a que assistiu em 1929.

Em terceiro lugar, os poemas dialogados têm sua força realçada dentro do conjunto da obra. A musicalidade da fala traduz uma dimensão humana na medida em que persegue a naturalidade do diálogo. São inúmeros os exemplos em que o intérprete se abre para a voz do outro: "Noturno da Parada

---

10 BANDEIRA, Manuel. Elsie Houston. *In*: BANDEIRA, Manuel. *Flauta de papel*. Rio de Janeiro: Alvorada, 1957.

Amorim", "Irene no céu", "Namorados". Do registro culto de "Balada de Santa Maria Egipcíaca": "— Leva-me ao outro lado./ Não tenho dinheiro. O Senhor te abençoe.// [...] O homem duro escarneceu: — Não tens dinheiro,/ Mulher, mas tens teu corpo. Dá-me o teu corpo, e vou levar-te"; passando pelo registro irônico de "Pneumotórax": "— O senhor tem uma escavação no pulmão esquerdo e o pulmão direito infiltrado./ — Então, doutor, não é possível tentar o pneumotórax?/ — Não. A única coisa a fazer é tocar um tango argentino".

Em quarto lugar, a dicção áspera, bela, intratável de Bandeira represa o lirismo derramado e, quando ninguém espera, libera um acento malicioso que toca o grau máximo do desejo e desce os degraus da degradação, como nos versos de "Estrela da manhã". Tudo isso diz muito da gama variada de registros que sua poesia alcança. Em certas passagens os poemas abrem um leque de sugestões, num vaivém de sensações que podem deslizar do erótico ao religioso, do infantil ao folclórico, da língua mais arcaizante ao prosaísmo moderno.

O poeta tinha ouvido. E a desenvoltura na leitura dos poemas beneficiou-se de uma discreta e continuada educação musical: tocava violão e militou na crítica. É um dos autores mais musicados da nossa literatura. Por tudo isso, podemos dizer que, além de realizar uma criteriosa antologia de sua obra poética, Manuel Bandeira foi um dos melhores intérpretes de si mesmo.

## Gravações do poeta

Um breve histórico das gravações realizadas por Manuel Bandeira, além de sublinhar o seu pioneirismo, revela um interesse permanente em fixar suas criações em disco. A primeira experiência — *Poemas de Manuel Bandeira, ditos por ele próprio* (1949) —, composta por dois discos, surge sob a chancela da gravadora Continental. O primeiro disco traz "Evocação do Recife", "Vou-me embora pra Pasárgada", "Profundamente" e "Última canção do beco". O segundo, "A morte absoluta", "Rondó dos cavalinhos", "Andorinha", "Momento num café", "O rio", "Canção da Parada do Lucas", "Piscina", "Pneumotórax", "Estrela da manhã", "O último poema", "Temas e voltas" e "Canção do vento e da minha vida".

Os 16 poemas citados anteriormente também figuram na segunda experiência fonográfica do poeta, agora, através do selo Festa. A coleção *Poesias*, composta por 13 *long-plays*, registrou a voz de 24 poetas brasileiros modernos, sempre em duplas, correspondendo a cada poeta um lado do LP. Dentre eles, foram escolhidos Carlos Drummond de Andrade, Cecília Meireles, João Cabral de Melo Neto, Jorge de Lima, Manuel Bandeira, Murilo Mendes, Vinicius de Moraes. A dupla de estreia coube a Manuel Bandeira e Carlos Drummond de Andrade. Em relação ao disco da Continental, Bandeira gravou seis poemas novos: "Noturno do Morro do Encanto", "Vulgívaga", "Poema só para Jayme Ovalle", "Lua nova", "Arte de amar" e "Consoada".

As capas exibiam um design ousado e flertavam com o abstracionismo; eram assinadas, entre outros, por Athos Bulcão,

Maria Leontina, Fernando Lemos, Alfredo Ceschiatti, Poty e Lygia Clark. Na contracapa, alternavam-se escritores e críticos renomados como Sérgio Milliet, Luís Martins, Paulo Mendes Campos, Paulo Rónai e Francisco de Assis Barbosa.

Manuel Bandeira, sem dúvida, foi um dos poetas mais solicitados pelo selo Festa. Além de abrir a coleção Poesias, ao lado de Carlos Drummond de Andrade, em 1958, divide o 13º lançamento com Sérgio Milliet, encerrando simbolicamente a coleção. O disco traz novidades: "A chave do poema" (crônica), "Berimbau", "O cacto", "Namorados" e "A ninfa".

Em 1963, ao invés dos tradicionais LPs, o selo Festa lança cinco compactos de poesia lidos pelos próprios poetas: o chileno Pablo Neruda, o cubano Nicolas Guillén e os brasileiros Carlos Drummond de Andrade, Vinicius de Moraes e... Manuel Bandeira. Dentre os novos poemas gravados, estão: "Água forte", "Boi morto", "Mascarada", "Satélite" e "Maysa".

Fechando esse panorama, *O Rio na voz dos nossos poetas* (1964), LP lançado pelo Conselho Nacional de Cultura e pela gravadora CBS, traz seleção e comentários de Manuel Bandeira sobre poetas que celebraram a cidade maravilhosa — de Fagundes Varela, Mário e Oswald de Andrade até Gilka Machado, Mário Pederneiras, Cecília Meireles e Vinicius de Moraes. Como não podia deixar de ser, termina com "Louvação do Rio de Janeiro", do próprio poeta. Curiosamente, neste último disco, Bandeira reuniu duas facetas de seu incansável trabalho poético: antologista e leitor de poemas.

*Augusto Massi e Carlito Azevedo*

## Sobre a primeira edição

A obra *50 poemas escolhidos pelo autor*, publicada em 1955, foi o número 77 da simpática coleção Os Cadernos de Cultura, dirigida por José Simeão Leal (1908-1996) e editada pelo Ministério da Educação e Cultura. O objetivo da coleção era fomentar a produção de ensaios nas mais diversas áreas do conhecimento e, apesar de a maioria dos volumes ter sido encomendada a intelectuais brasileiros, os temas e as obras tratadas buscam contemplar uma visada universal. Entre 1952 e 1965, foram publicados 140 títulos, com tiragem média de três mil exemplares.

Hoje, ao corrermos os olhos pela lista de títulos, espanta o grau de originalidade do conjunto: *Arquitetura brasileira*, de Lúcio Costa; *Joan Miró*, de João Cabral de Melo Neto; *José de Alencar*, de Gilberto Freyre; *Panorama da pintura moderna*, de Mário Pedrosa; *Cinquenta anos de literatura*, de Lúcia Miguel Pereira; *Escola de tradutores*, de Paulo Rónai; *Monte Cristo ou da vingança*, de Antonio Candido; *Respostas e perguntas*, de Otto Maria Carpeaux; *Alguns contos*, de Clarice Lispector; *Pequena história do jazz*, de Sérgio Porto; *Uma economia dependente*, de Celso Furtado.

O projeto gráfico dos livrinhos era de um extremo despojamento. O formato pequeno — 14 × 19,5 cm —, quase de bolso, remetia imediatamente ao nome da coleção: Os Cadernos de

Cultura. As capas sempre brancas traziam as informações básicas dentro de uma moldura colorida, cuja cor variava a cada título. No miolo, somente quando necessário, eram reproduzidos desenhos, pinturas ou fotos. Tamanha contenção gráfica, além de evidenciar uma forte preocupação com o preço, priorizava uma forma discreta e econômica de divulgar a cultura.

Manuel Bandeira teve outros dois títulos publicados nessa coleção: *De poetas e de poesia* (1954) e *Três conferências sobre cultura hispano-americana* (1959).

*A. M.*

# Bibliografia

## Poesia

*A cinza das horas*. Rio de Janeiro: Tipografia do *Jornal do Comércio* [edição do autor], 1917. (200 exemplares)

*Carnaval*. Rio de Janeiro: Tipografia do *Jornal do Comércio* [edição do autor], 1919.

*Poesias* (acrescidas de *O ritmo dissoluto*). Rio de Janeiro: *Revista de Língua Portuguesa*, 1924.

*Libertinagem*. Rio de Janeiro: Pongetti [edição do autor], 1930. (500 exemplares)

*Estrela da manhã*. Rio de Janeiro: Tipografia do Ministério da Educação e Saúde [edição do autor], 1936. (47 exemplares)

*Poesias escolhidas*. Rio de Janeiro: Civilização Brasileira, 1937.

*Poesias completas* (acrescidas de *Lira dos cinquent'anos*). Rio de Janeiro: Cia. Carioca de Artes Gráficas [edição do autor], 1940.

*Poesias completas* (acrescidas de *Belo belo*). Rio de Janeiro: Casa do Estudante do Brasil, 1948.

*Mafuá do malungo*. Barcelona: O Livro Inconsútil, Editor João Cabral de Melo Neto, 1948.

*Opus 10*. Ilustração de Fayga Ostrower. Niterói: Edições Hipocampo, 1952.

*50 poemas escolhidos pelo autor*. Rio de Janeiro: Ministério da Educação e Cultura, 1955.

*Poesias completas* (acrescidas de *Opus 10*). Rio de Janeiro: Livraria José Olympio, 1955.
*Flauta de papel*. Rio de Janeiro: Alvorada, 1957.
*Poesia e prosa* (acrescidas de *Estrela da tarde*). Rio de Janeiro: José Aguilar, 1958. 2 v.
*Antologia poética*. Rio de Janeiro: Editora do autor, 1961.
*Estrela da tarde*. Rio de Janeiro: José Olympio, 1963.
*Estrela da vida inteira*. Rio de Janeiro: Livraria José Olympio, 1966.

Para a fixação de *50 poemas escolhidos pelo autor*, foram utilizadas as edições da obra poética de Manuel Bandeira, atualmente publicada com exclusividade pela Global Editora.

EU VI UMA ROSA

Eu vi uma rosa
— Uma rosa branca —
Sòzinha no galho.
No galho? Sòzinha
No jardim, na rua.

Sòzinha no mundo.

Em tôrno no entanto,
Ao sol de meio-dia,
Tôda a natureza
Em formas e côres
E sons esplendia.

Tudo isso era excesso.

A graça essencial,
Mistério inefável
— Sobrenatural —
Da vida e do mundo
Estava ali na rosa
Sòzinha no galho.

Sòzinha no tempo.

Tão pura e modesta,
Tão perto do chão,
Tão longe na glória
Da mística altura,
Dir-se-ia que ouvisse
Do arcanjo invisível
As palavras santas
De outra anunciação.

            mb.
        Petrópolis
        27.3.43

Manuscrito do poema "Eu vi uma rosa", que integra esta edição.

# Índice de primeiros versos

15  A Dama Branca que eu encontrei,
37  A janela estava aberta. Para o quê, não sei, mas o que entrava era o vento dos lupanares, de mistura com o eco que se partia nas curvas cicloidais, e fragmentos do hino da bandeira.
32  A moita buliu. Bentinho Jararaca levou a arma à cara: o que saiu do mato foi o Veado Branco! Bentinho ficou pregado no chão. Quis puxar o gatilho e não pôde.
33  Andorinha lá fora está dizendo:
23  Aquele cacto lembrava os gestos desesperados da estatuária:
53  As rodas rangem na curva dos trilhos
42  Assim eu quereria o meu último poema
61  Beco que cantei num dístico
64  Belo belo belo,
74  Belo belo minha bela
73  Buscou no amor o bálsamo da vida,
47  Cara de cobra,
79  Como em turvas águas de enchente,
81  Duas vezes se morre:
43  Eu quero a estrela da manhã
67  Eu vi uma rosa
11  Enfunando os papos,

| | |
|---|---|
| 71 | Espanha no coração: |
| 82 | Este fundo de hotel é um fim de mundo! |
| 25 | Estou farto do lirismo comedido |
| 70 | Eurico Alves, poeta baiano, |
| 24 | Febre, hemoptise, dispneia e suores noturnos. |
| 80 | Fim de tarde. |
| 38 | Irene preta |
| 45 | Marinheiro triste |
| 69 | Mas para quê |
| 83 | Meu novo quarto |
| 77 | Minh'alma estava naquele instante |
| 56 | Morrer. |
| 21 | Noite morta. |
| 55 | O preto no branco, |
| 39 | O rapaz chegou-se para junto da moça e disse: |
| 59 | O vento varria as folhas, |
| 36 | O violoncelista estava a meio do Concerto de Schumann |
| 22 | Os aguapés dos aguaçais |
| 50 | Os cavalinhos correndo, |
| 58 | Parada do Lucas |
| 54 | Por um lado te vejo como um seio murcho |
| 84 | Quando a Indesejada das gentes chegar |

| | |
|---|---|
| 14 | Quando na grave solidão do Atlântico |
| 49 | Quando o enterro passou |
| 34 | Quando ontem adormeci |
| 66 | Que silêncio enorme! |
| 27 | Recife |
| 17 | Santa Maria Egipcíaca seguia |
| 78 | Se queres sentir a felicidade de amar, esquece a tua alma. |
| 76 | Ser como o rio que deflui |
| 19 | Sino de Belém, |
| 52 | Vésper caiu cheia de pudor na minha cama |
| 40 | Vou-me embora pra Pasárgada |

Este livro foi impresso pela Plena Print para a Global Editora.